錦貓衛

❹ 勢不可擋的巨鷹

作者／段磊

故事簡介

來自扶桑國的浪人武士蛇鷲，自稱在順天府城外的樹林中遭到大鵬襲擊，並與同行的山魈失去聯絡。為了防止大鵬侵擾雁北朝，葉明棠帶領錦貓衛前往冬雲寺誘捕大鵬，卻不慎落入敵人的陷阱。千鈞一髮之際，神鳥孔雀降臨，正邪大戰一觸即發……

人物簡介

葉明棠

雁北朝北鎮撫司的指揮使，帶領錦貓衛負責貼身保護皇帝及巡查緝捕等工作。智勇雙全、心思縝密，深得明皇信任。

金葉子

雁北朝北鎮撫司的指揮同知，也是葉明棠的得力助手。有勇有謀，是一名神槍手。

錦逸

雁北朝北鎮撫司的女醫官，精通醫術，擅長製作各種藥丸。只在有任務時才進入北鎮撫司，平日生活在紫溪山，研究草藥。

孔雀

曾經擔任雁北朝的國師，也是幫助明皇取得皇權的重要人物。明皇即位後，她便悄然離去，沒有人知道她的行蹤。

灰雲月

雁北朝北鎮撫司的鎮撫使，也是斥候小隊的隊長。擅長偵察、探祕，以動作敏捷著稱。

蛇鷲

扶桑國的浪人武士，也是鬼猿軍的第一智囊，精通幻術。

鬼猿

身材魁梧的山魈，與葉明棠是同門師兄弟。因為他的父親是扶桑國的叛徒，被禁止進入北鎮撫司任職，從此對雁北朝懷恨在心。

傳說在上古時期，有一隻五色神鳥——鳳凰翱翔於山海間，她拍動雙翅時散發出的五色神光，能潤澤蒼生，滋養大地。

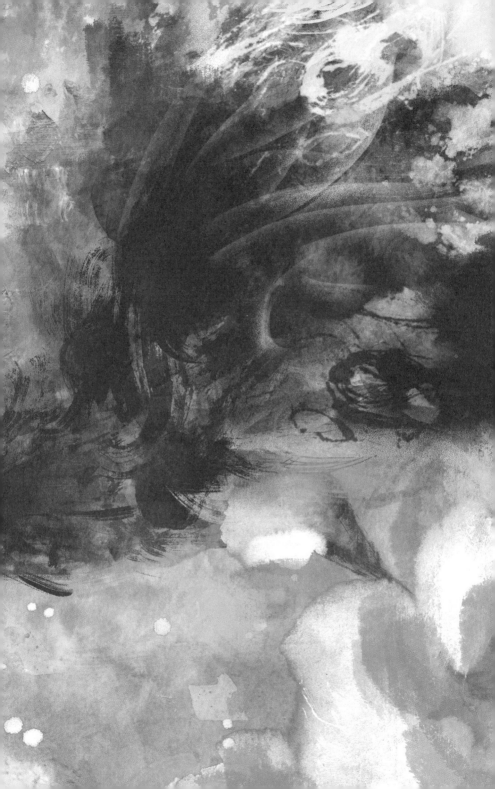

鳳凰吸收月光的菁華，誕下兩隻神鳥。時間如白駒過隙，兩隻神鳥分別化為孔雀和大鵬，接替鳳凰護佑著大地。孔雀掌管白晝，大鵬則掌管夜晚。

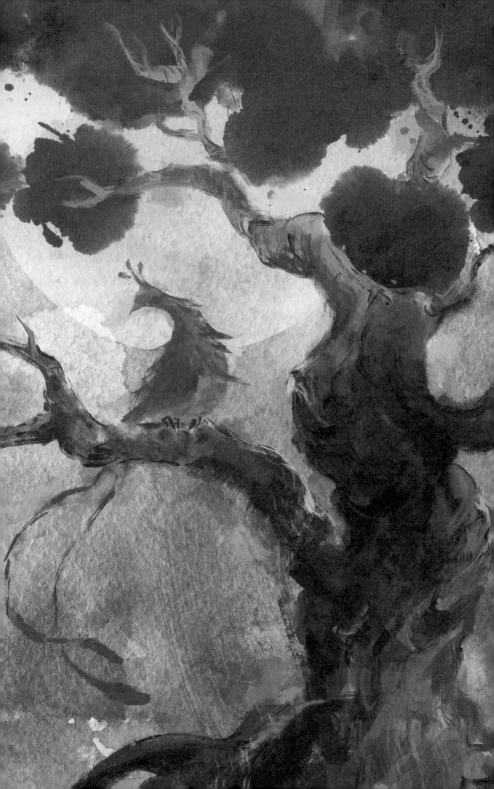

掌管夜晚的大鵬因為長期處於黑暗之中，心裡的魔障不斷累積。於是，他張開雙翅，遮雲蔽月，使得所到之處花樹枯萎，河流乾涸。為了拯救蒼生，孔雀在崑崙山巔將自己的五色神光化作火焰，困住大鵬。

大鵬被烈火焚燒，墜入崑崙山谷底。孔雀強忍失去親人的悲痛，用山石掩埋大鵬，並將掌管大地的權力交給飛禽和走獸，自己則隱居在山海中，從此不再過問世間的一切。

　　然而，孔雀沒有想到的是，大鵬並沒有就此消失。此時，在山林中的某個地方，一顆巨大的鳥蛋正緩緩裂開……

在順天府外的一個村莊裡，身穿白色長袍的蛇鷲正在講孔雀和大鵬的故事給孩子們聽。

「重生的大鵬飛入地下藏了起來，千年後，羽翼豐滿的大鵬將充滿力量，回來為父輩報仇。如今，正好滿一千年了……」蛇鷲刻意壓低嗓音說道。

「大鵬真的會回來嗎？」

「大鵬會吃掉我們嗎？」

「大鵬的體型很大嗎？」

孩子們既害怕又好奇，一個接一個的提問。

「誰知道呢？或許大鵬會悄無聲息的出現在你身後！」蛇鷲正說著，一個披著斗篷的黑衣人從後方慢慢靠近他。

　　黑衣人掀開遮住臉的斗篷，露出山魈的面孔，孩子們看到都嚇壞了。山魈來自塞外，消瘦狹窄的臉上布滿藍白色的條紋，還長著雜亂的棕黃色毛髮。

　　「蛇鷩，別再嚇唬這些孩子了，我們還有正事要辦。」山魈說道。

　　「好了，你們快回家吧！大鵬最喜歡吃細皮嫩肉的小孩了！」蛇鷩說完，撐起木杖，與山魈一起轉身步入山林中，只留下幾個還沒從驚嚇中回過神來的孩子。

越往樹林深處走，四周彌漫的霧氣就越重。

「你確定錦貓衛會來這裡調查嗎？」蛇鷲邊走邊問身後的山魈。

「森林周圍的村子有孩童失蹤，消息已經傳到了北鎮撫司，而且有人親眼見到巨鳥飛過天空。我了解葉明棠的個性，他一定會來這裡調查真相。」山魈冷冷的說道。

「這次我要讓孔雀知道，誰才是天下第一的術士。」蛇鷲滿意的點點頭。

正如山魁所說，葉明棠一得到線報，就立刻帶人前往這片城外的樹林探查。

錦貓衛手持繡春刀，小心翼翼的進入樹林深處。

「林中居然沒有一絲鳥叫聲，實在有些詭異。」金葉子警覺的說道。

「確實反常，大家要小心。」

葉明棠命走在後面的兄弟們放慢腳步，讓隊伍排成一直線，以便能首尾相顧。

「救命啊！有人在嗎？」突然，不遠處傳來一陣求救聲。

眾人朝聲音傳出的方向趕去，只看到蛇鷥斜倒在一塊青石旁，渾身都是血跡，已經暈了過去。葉明棠趕緊命人把蛇鷥帶回北鎮撫司。

　　在北鎮撫司內，錦逸帶著兩名醫官處理蛇鷙的傷口，那些傷口都是被樹枝刮傷的，傷口上還有一些殘留的木屑。

　　包紮完成後，錦逸端著一碗熬好的湯藥，匆忙穿過長廊，準備讓蛇鷙服下。

「病人還沒醒來嗎？」錦逸問兩名值守的百戶。

「我們一直守在這裡，病人連一下都沒動。」百戶答道。

「兩位辛苦了，先去休息吧！這裡交給我就好。」

「多謝錦逸大人。」百戶拜謝錦逸，退了出去。

錦逸等湯藥涼了些，準備順著蛇驚的喉餵藥，沒想到勺子剛到嘴邊，蛇驚就突然驚醒並坐起身來，接著一巴掌打翻了錦逸手中的湯藥。

　　「大鵬！大鵬來了！」蛇驚呼吸急促，不停大喊著，同時全身顫抖，眼神也充滿恐懼。

「冷靜點，這裡是北鎮撫司，你現在很安全。」錦逸趕緊說道。

蛇鷩看看四周，情緒逐漸穩定下來。錦逸試探著問道：「你真的在樹林中看見大鵬了嗎？」

「看到了，那怪物面目猙獰，張開雙翅就能遮天蔽日。」蛇鷩心有餘悸，說起在樹林中發生的一切。

蛇鷲告訴錦逸，他和山魈用一種特製的狼煙把大鵬引出來。沒想到，大鵬的體型比千年古樹還高大，好像一座會移動的小山丘，他們手中的長刀根本奈何不了這隻巨大的怪獸。

「當時，我們利用地形的優勢和樹木的遮擋，與大鵬展開周旋，想將牠引到山峰上，伺機斬斷牠的雙腳。誰知道大鵬飛到空中，用雙翅搧出兩股強勁的氣流，使我跌落山谷，剩下山魈獨自面對大鵬。」

「後來呢？山魈怎麼樣了？」錦逸追問道。

「跌落山谷後，我用盡剩餘的力氣呼救，便暈了過去，醒來時就發現自己在這裡，山魈則不知去向。」蛇鷲揉揉腦袋，努力回想當時的情況。

「你還記得狼煙的配方嗎？」錦逸接著問。

「當然記得。」蛇鷲答道。

31

在蛇鷲的幫助下，錦逸順利配製出能引出大鵬的狼煙。之後，葉明棠安排錦逸留在北鎮撫司照顧蛇鷲，自己則帶領全副武裝的錦貓衛，又從神機營借了火銃，準備將大鵬引出來並一舉擒獲，避免牠進入順天府禍害百姓。

當天晚上，葉明棠帶著北鎮撫司的兄弟們來到城外的冬雲寺。這裡有一座高塔，塔的四周視線良好，沒有任何遮蔽物，周圍也很少有人，是抓捕大鵬的絕佳地點。

　　因為時間緊迫，葉明棠趕緊排兵布陣，讓錦貓衛分別把守不同的塔層，火銃手四面排開，確保沒有任何視線死角。

　　等一切準備就緒，錦貓衛們在不同的區域同時點起狼煙。隨著黃色的煙霧在空中散開，大家緊盯著各自負責的區域，耐心等候大鵬出現。

可是，等了許久，也不見大鵬出現。錦貓衛們漸漸失去耐心，紛紛發起牢騷。

「蛇鷲不會是騙我們的吧？放了大半天的狼煙，連個影子都沒看見。」

「蛇鷲說不定是遇到山賊搶劫，被嚇出了幻覺。」

錦貓衛們你一言、我一語的說著，漸漸放鬆了警戒，只有葉明棠一言不發的盯著墨藍色的天空。

　「大鵬來了！大家各就各位，火銃手瞄準！」葉明棠大喊道。

　錦貓衛們的神經瞬間繃緊，朝著葉明棠指的方向看去。夜色中，一個巨大的身影以極快的速度向高塔俯衝下來。只見牠穿過雲層，卻又突然失去蹤影。

　此時，周圍一片寂靜，只剩高塔上的鈴鐺在夜風中叮噹作響。

　　就在眾人毫無防備之際，一張
猙獰的面孔突然出現在錦貓衛面
前。牠張著血盆大口，兩隻眼睛裡
竟然看不到瞳孔！

　　葉明棠也愣住了，如此近的距
離根本來不及開槍，只能眼睜睜看
著怪物朝自己飛撲過來。

　　就在這時，北鎮撫司內
也出現了問題。

　　原本病懨懨的蛇驚突然
抱著胡琴，爬上屋頂，彈奏
起一段充滿異域風格的曲
調。

42

　　睡夢中的錦逸被琴聲吵醒，她迅速起身，心裡頓時產生不好的預感。此時錦貓衛已全數出動，去執行抓捕大鵬的任務，空蕩蕩的北鎮撫司裡，只剩下她和幾名醫官及值夜的雜役。

　　蛇鷥站在北鎮撫司的屋頂上，見到錦逸走近，撥弦的速度變得更急促。

　　「蛇鷥，你在那裡做什麼？快下來！」錦逸喊道。

　　蛇鷥沒有理會她，只是繼續彈奏胡琴，等到一曲結束，他才大聲說道：「現在是良辰吉時，月神見證，北鎮撫司馬上就要迎接新主人了。」

　　「你到底在說什麼？不要以為錦貓衛不在，我就制不住你！」錦逸厲聲喝斥道。

　　「錦逸大人，你應該用誠摯且謙卑的態度，迎接尊貴的赤影武士。」蛇鷥笑著答道。

蛇鷙的話才剛說完，就聽見「砰」一聲，北鎮撫司的大門被人從外面撞開，原來蛇鷙早已取下了門閂。一個身穿扶桑國武士鎧甲、手持長刀的紅色身影出現在門外，後面還跟著一群同樣身穿紅甲的士兵。

　　「來者何人？莫非吃了熊心豹子膽，竟敢夜闖北鎮撫司？還不快離開！」錦逸喝斥道。

　　蛇鷙的胡琴聲再次響起。赤影武士既沒有答話，也沒有離開的意思，只見他隨著胡琴聲，邁開步伐走了進來，而他身後的紅甲士兵也排成兩列，緊跟著進入北鎮撫司。

「錦逸大人，葉明棠此刻恐怕已經不在人世了，而且還是死在你們自己人的手上。」赤影武士說完，發出一陣低沉的笑聲。雖然鬼面盔甲遮住了他的表情，卻仍然透出一絲詭異暴虐的氣息。

此刻，葉明棠和錦貓衛們在一個黑暗的空間裡醒來。

他感到頭痛欲裂，周圍除了同伴發出的聲響和不斷灌進來的風聲，還有一種極有規律的喀嚓聲。漸漸適應黑暗的環境後，葉明棠看到自己身處在一個用木板圍成的地方，不遠處還有幾個不停旋轉的齒輪組。

「大人，我們這是在哪裡？」金葉子問道。

「聽說在中原之外的扶桑國，有異士能製造機關獸。我在翰林院見過一些圖紙，圖上機關獸的構造和這個機器十分相似。」葉明棠一邊查看，一邊說道。

「你是說，我們被困在機關獸裡面了？」

「準確的說，我們是被它一個個吞了進來。」

葉明棠回想自己被巨鳥吞進口中的過程後，驚訝的發現那狼煙根本不是用來引出大鵬，而是一種能讓人失去意識的迷霧。

　　葉明棠憑著之前看過機關獸圖紙的記憶，摸到一個可能是開關的木榫，再用手將木榫拔出。果然，前方一道木門緩緩打開，寒冷的夜風灌了進來。葉明棠頂著氣流走到門前，這回他看清楚了，這個機關獸在齒輪組的驅動下，拍動巨大的木製翅膀向前飛去，而它的木製鳥頭則動也不動的「望」著前方。

「糟了！這是針對我們設下的陷阱。根本沒有什麼神獸大鵬，就只是一個木頭做的機關獸。」葉明棠恍然大悟道。只是他也不知道這隻「大鵬」究竟要帶他們飛往何處。

當機關獸逐漸接近順天府城牆的時候，葉明棠終於明白這個險惡陷阱的用意。守城的士兵已經知道大鵬出現的消息，此時見到大鵬即將進入順天府，他們一定會全力擊落牠。

　　正如葉明棠所料，負責城牆守衛工作的霍耿將軍是出了名的雷厲風行，眼看這隻巨鳥就要越過城牆，他確信這就是傳說中的大鵬，隨即命令士兵放箭。

　　「絕不能讓怪物進入順天府，馬上把牠射下來！」霍耿對著弓箭手大聲下令。

刹那間，漫天的點火弓箭像流星般朝著機關獸飛來。葉明棠知道，數量眾多的弓箭一定會讓木製的機關獸解體。

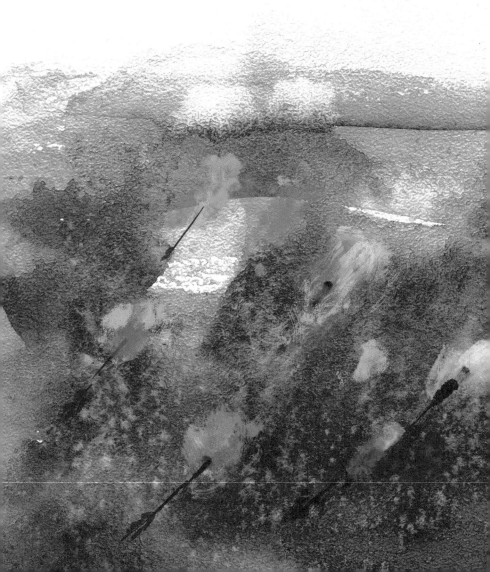

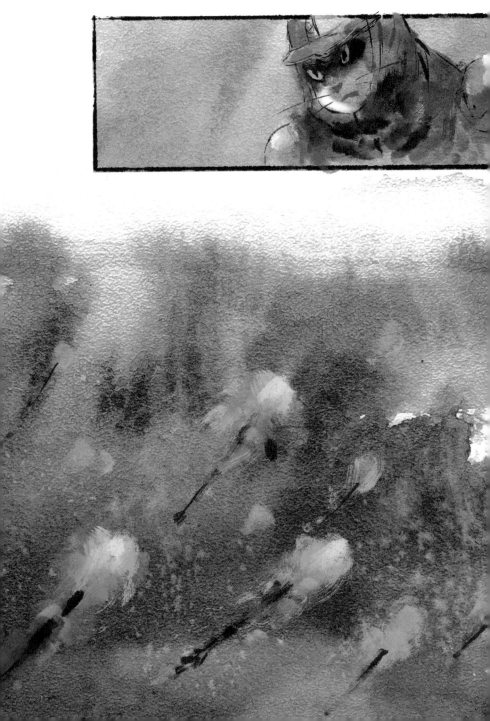

很快的，一支支弓箭射穿了機關獸的外壁，瞬間燃起的熊熊烈火讓機關獸逐漸解體，並急速下墜。

「難道我們要命喪於此？」一個年輕的錦貓衛恐懼的問道。

「錦貓衛怎麼會有像你這樣的膽小鬼！與其被燒死，不如大家一起跳下去，摔也要摔在自家地盤上。」他身旁的錦貓衛喝斥道。

「大人，我們現在該怎麼做？」連一向冷靜的金葉子此時也手足無措了。

「剛才一位兄弟說得對！大家跟著我，一起跳下去！」葉明棠說完，便第一個跳出機關獸。

看到指揮使率先跳出去，其他錦貓衛也緊隨其後，紛紛一躍而下。

就在他們從高空急速墜落時，一個熟悉的聲音出現在不遠處。隨著幾聲鳴叫，一隻夜梟出現在空中，展開雙翅穩穩接住了葉明棠，其他錦貓衛也相繼獲救。夜梟載著錦貓衛，迅速逃離了火雨滿布的天空。

「要不是夜梟營，恐怕我葉明棠和北鎮撫司的兄弟們都要命絕於此。可是義和大人怎麼知道錦貓衛陷入危險了？」葉明棠感激涕零，卻好奇夜梟怎麼來得如此及時。

「指揮使大人有所不知。自從得知大鵬出現的消息，我和兄弟們就守在這樹林裡，但一直找不到牠的蹤跡。今日在城外看到大人要抓捕大鵬，便想過來幫忙，沒想到卻遇到如此險境。」夜梟營的首領義和回答。

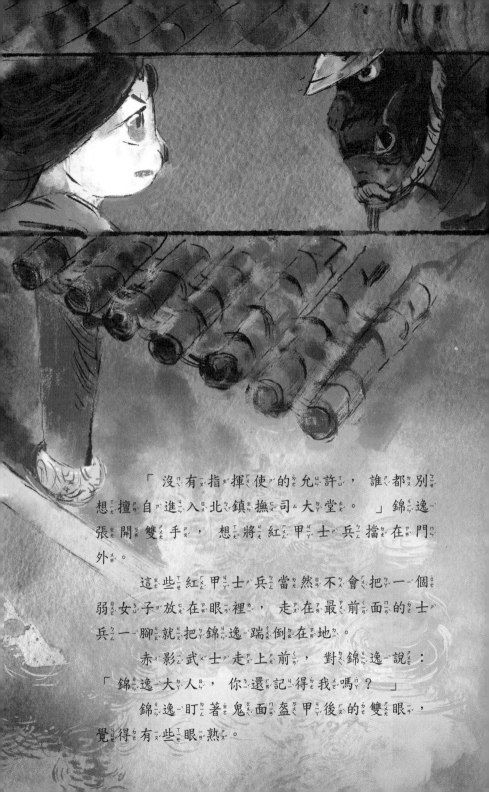

「沒有指揮使的允許，誰都別想擅自進入北鎮撫司大堂。」錦逸張開雙手，想將紅甲士兵擋在門外。

這些紅甲士兵當然不會把一個弱女子放在眼裡，走在最前面的士兵一腳就把錦逸踹倒在地。

赤影武士走上前，對錦逸說：「錦逸大人，你還記得我嗎？」

錦逸盯著鬼面盔甲後的雙眼，覺得有些眼熟。

突然間，雷聲隆隆，烏雲密布，豆大的雨滴從空中嘩啦啦的落下。

　　赤影武士站起身來，高高舉起手中的長刀，眼看就要朝錦逸揮下……

「鬼猿，快把刀放下，主動投降！否則別怪我不客氣！」

鬼面盔甲後的眼神裡閃過一絲驚愕，他慢慢轉過頭，看見葉明棠手持纓槍站在雨中，正怒目瞪視著他。

「葉明棠，你還真是命大。」鬼猿冷笑了幾聲。

「鬼猿，你不該回到這裡。」葉明棠說道。

鬼猿見葉明棠認出自己，索性取下鬼面盔甲，原來鬼猿就是蛇驚口中，在樹林中失去聯絡的山魈。

「想不到名震天下的指揮使大人還記得我。」鬼猿冷冷的說。

「你怎麼變成這副模樣？這些年究竟發生了什麼事？」葉明棠驚訝的看著鬼猿。

原來鬼猿是葉明棠和墨無涯的老朋友，三人曾拜在同一個師父的門下學習。鬼猿本該和墨無涯、葉明棠一起進入北鎮撫司任職，卻因為被查出父親是扶桑國的叛徒，於是朝廷將他逐出順天府。鬼猿將這股恨意埋在心裡多年，企圖透過毀掉北鎮撫司來報復拋棄自己的雁北朝。

「不要再浪費時間了，開戰吧！」站在屋頂的蛇鷲展開雙翅，瞳孔變成白色，並對著天空發出怪異的尖叫聲。

剎那間，夜空中響起撲剌剌的拍翅聲，如黑雲般的烏鴉群，從四面八方飛進了北鎮撫司。

這群烏鴉朝中心聚攏，很快便互相連在一起，變成一隻體型巨大的黑色鵬鳥。

錦貓衛手持火銃，呈扇形散開。第一排戰士射擊完畢後，立刻從兩側讓開，換第二排、第三排的戰士輪流開火，朝「大鵬」猛烈進攻。

可是打了半天，怪物卻毫髮無傷，甚至一步步逼近，瞬間將錦貓衛們擺好的陣型打散。

這時候，在蛇鷲對面的屋頂上，出現了一個身影。來者雖然穿著一件顏色暗沉的麻布斗篷，但身後碧綠色的尾羽卻在月光的映照下發出耀眼的光芒。

　　「鬼猿，難道你不知道，錦貓衛永遠都不打沒有準備的仗嗎？」葉明棠露出自信的微笑。

　　一向淡定從容的鬼猿，看到這位身穿斗篷的神祕來客後，也不禁皺起了眉頭。

神祕人吟唱起一首
非常古老的樂曲。烏鴉
群組成的大鵬聽到樂曲
後，竟停下腳步，轉頭
朝神祕人衝了過來。

　　面對凶惡的「大鵬」，神祕人
脫下了斗篷。

　　這時候，所有人才看清楚，她
正是傳說中隱居在山海間、大鵬的
同胞手足——孔雀，也是雁北朝的
前任國師。

　　孔雀舉起手中的法杖，口中念
念有詞。身後閃耀著光芒的尾羽逐
一上揚，呈開屏狀，形成強大的氣
勢。

　　「這世間沒有能通天入地的大
鵬，更沒有能呼風喚雨的孔雀。你
我皆是凡人，何必裝神弄鬼！」孔
雀大聲說道。

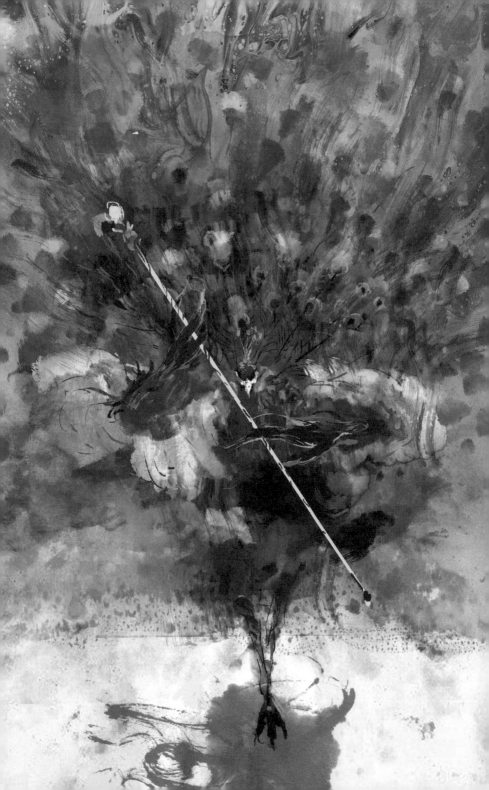

孔雀尾羽散發出的光芒，讓烏鴉們躁動不安，紛紛發出淒厲的哀嚎，一隻接一隻的從「大鵬」身上分離並墜落。

　　緊接著，烏鴉們的身體燃起火苗，在夜空中化為灰燼。

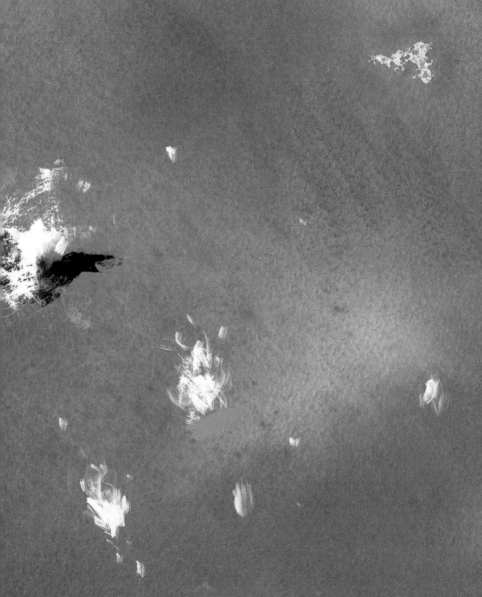

灰燼隨著夜風緩緩飄散，在北鎮撫司的上空下起一陣火雨。「大鵬」消失得無影無蹤，彷彿從來沒有出現過。

但一切尚未結束。看到自己的幻術被孔雀輕易破解，蛇驚氣急敗壞的從胡琴中拔出長劍，朝著孔雀直刺過去。

就在長劍即將刺到孔雀的危急時刻，突然飛出的灰雲用月驚的利爪牢牢抓住蛇，再將長劍擊落翅膀，在地。

一

地面上，錦貓衛和紅甲士兵在北鎮撫司的大堂前展開激戰，雙方勢均力敵。由於葉明棠和鬼猿對彼此的招式瞭若指掌，大戰了數十個回合還是難分勝負。

「爭鬥永無止境，怨恨沒有盡頭。只有放下仇恨，一切才能恢復原狀。」

夜空中響起孔雀如洪鐘般渾厚的聲音，藍寶石色的羽毛從她身上慢慢散落，轉眼間，她幻化成一隻潔白無瑕的孔雀，朝交戰中的雙方飛去。

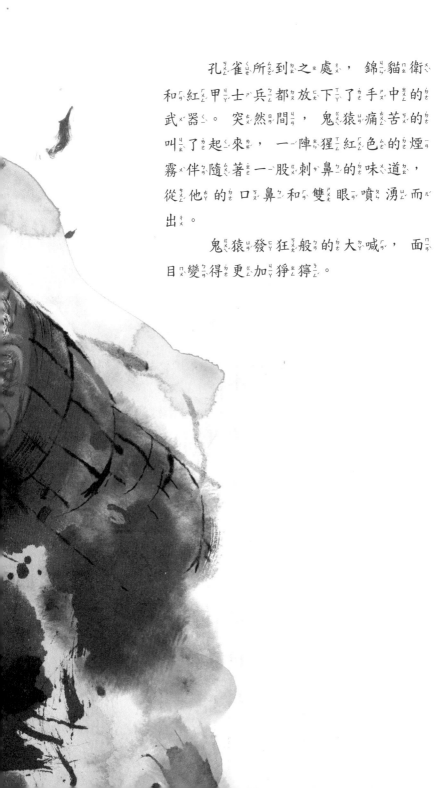

　　孔雀所到之處，錦貓衛和紅甲士兵都放下了手中的武器。突然間，鬼猿痛苦的叫了起來，一陣猩紅色的煙霧伴隨著一股刺鼻的味道，從他的口鼻和雙眼噴湧而出。

　　鬼猿發狂般的大喊，面目變得更加猙獰。

　　就在這時，孔雀飛到鬼猿面前，朝他的胸口輕輕一推，鬼猿竟被震得連連後退，背後瞬間迸發出大量的煙霧。而他身後的紅甲士兵也和烏鴉一樣，化作一團灰燼，隨即煙消雲散。

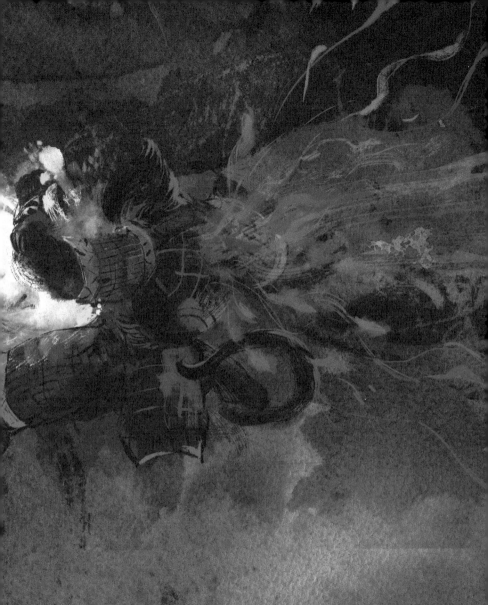

「鬼猿，放下仇恨，讓你體內的魔障隨著夜風消散吧！」孔雀的聲音響徹夜空。

數日後，　北鎮撫司恢復了往日的寧靜。葉明棠帶著金葉子和灰雲月，把孔雀和揹著書箱的蛇鷟送出北鎮撫司。此時的蛇鷟已經對孔雀心悅誠服，　決定追隨她，踏上修行之路。

　　「錦逸的身體好些了嗎？　」孔雀問道。

　　「大人放心，　錦逸再休息兩天就沒事了。　」葉明棠答道。

　　「太好了。　那我們就此拜別，　有緣自會再相見。　」孔雀帶著蛇鷟向葉明棠行禮道別。

　　「一路順風。　」葉明棠還禮道。

　　北鎮撫司的虎嘯堂裡，葉明棠坐在指揮使的位子上，前方站著全副武裝的錦貓衛們。

　　「在早晨會議開始前，我要向大家介紹一位新夥伴。經陛下恩准，從今天起，他將成為錦貓衛的一員。」

　　葉明棠說完，一名錦貓衛快步從隊伍後方走上前，抱拳行禮道：

　　「錦貓衛鬼猿，聽從指揮使差遣。」

　　此時的鬼猿已經除去心中的魔障，模樣也從山魈變成白猿。錦貓衛們也不計前嫌，紛紛向他祝賀。

看著棄惡從善的鬼猿，葉明棠倍感欣慰。他想起孔雀臨走時說的話：「知錯能改，善莫大焉。」

　　這世間，有善就有惡，但錦貓衛會一直守護順天府，為百姓帶來安寧和幸福。

國家圖書館出版品預行編目（CIP）資料

錦貓衛4勢不可擋的巨鷹 / 段磊作. -- 初版. --
新北市：大眾國際書局股份有限公司 大邑文
化, 西元2024.4
104面；14.2x21公分 . –（魔法學園；13）
ISBN 978-626-7258-70-5（平裝）

859.6   113001113

魔法學園CHH013

錦貓衛4勢不可擋的巨鷹

作　　　者	段磊
總　編　輯	楊欣倫
副　主　編	徐淑惠
封　面　設　計	張雅慧
排　版　公　司	菩薩蠻數位文化有限公司
行　銷　業　務	楊毓群、蔡雯嘉、許予璇
出　版　發　行	大眾國際書局股份有限公司 大邑文化
地　　　址	22069新北市板橋區三民路二段37號16樓之1
電　　　話	02-2961-5808（代表號）
傳　　　真	02-2961-6488
信　　　箱	service@popularworld.com
大邑文化FB粉絲團	http://www.facebook.com/polispresstw
總　經　銷	聯合發行股份有限公司
	電話　02-2917-8022　　　傳真　02-2915-7212
法　律　顧　問	葉繼升律師
初　版　一　刷	西元2024年4月
定　　　價	新臺幣280元
I　S　B　N	978-626-7258-70-5

本作品中文繁體版透過成都天鳶文化傳播有限公司代理，經電子工業出版社有限公司授
予大眾國際書局股份有限公司獨家出版發行及銷售，非經書面同意，不得以任何形式，
任意重製轉載。

大邑文化讀者回函

謝謝您購買大邑文化圖書，為了讓我們可以做出更優質的好書，我們需要您寶貴的意見。回答以下問題後，請沿虛線剪下本頁，對折後寄給我們（免貼郵票）。日後大邑文化的新書資訊跟優惠活動，都會優先與您分享喔！

✍ 您購買的書名：_____

✍ 您的基本資料：

　　姓名：_____，生日：____年____月____日，性別：□男　□女

　　電話：_____，行動電話：_____

　　E-mail：_____

　　地址：□□□-□□_____縣/市_____鄉/鎮/市/區

　　　　　_____路/街_____段_____巷_____弄_____號_____樓/室

✍ 職業：

　　□學生，就讀學校：_____，_____年級

　　□教職，任教學校：_____

　　□家長，服務單位：_____

　　□其他：_____

✍ 您對本書的看法：

　　您從哪裡知道這本書？□書店　　□網路　　□報章雜誌　　□廣播電視

　　□親友推薦　□師長推薦　□其他_____

　　您從哪裡購買這本書？□書店　　□網路書店　　□書展　　□其他_____

✍ 您對本書的意見？

　　書名：□非常好□好□普通□不好　　　封面：□非常好□好□普通□不好

　　插圖：□非常好□好□普通□不好　　　版面：□非常好□好□普通□不好

　　內容：□非常好□好□普通□不好　　　價格：□非常好□好□普通□不好

✍ 您希望本公司出版哪些類型書籍（可複選）

　　□繪本□童話□漫畫□科普□小說□散文□人物傳記□歷史書

　　□兒童/青少年文學□親子叢書□幼兒讀本□語文工具書□其他_____

✍ 您對這本書及本公司有什麼建議或想法，都可以告訴我們喔！

_____

_____

_____

大邑文化

新北市板橋區三民路二段 37 號 16 樓之 1

220-69

收件人地址：

□□□-□□

縣/市 鄉/鎮/市/區

路/街 段 巷 弄 號 樓/室

廣 告 回 信
板橋郵局登記證
板橋廣字第 987 號
免 貼 郵 票

大邑文化

服務電話：（02）2961-5808（代表號）

傳真專線：（02）2961-6488

e-mail：service@popularworld.com

大邑文化 FB 粉絲團：http://www.facebook.com/polispresstw